수박씨의 시간

임희숙 서울에서 태어났다. 1991년 『시대문학』으로 등단했고, 명지대학교 대학원에서 한국미술사 박사과정을 졸업했다. 시집으로 『격포에 비 내리다』 『나무 안에 잠든 명자씨』, 산문집으로 『그림, 시를 만나다』 『살다 사라지다— 죽음으로 보는 우리미술』이 있다.
poethee@hanmail.net

표지그림 : 조병완, 〈이야기들〉, 51.5cm x 69cm, 한지에 먹 아크릴

황금알 시인선 255

수박씨의 시간

초판발행일 ∣ 2022년 11월 11일

지은이 ∣ 임희숙
펴낸곳 ∣ 도서출판 황금알
펴낸이 ∣ 金永馥
주간 ∣ 김영탁
편집실장 ∣ 조경숙
표지디자인 ∣ 칼라박스
주소 ∣ 03088 서울시 종로구 이화장2길 29-3, 104호(동숭동)
전화 ∣ 02)2275-9171
팩스 ∣ 02)2275-9172
이메일 ∣ tibet21@hanmail.net
홈페이지 ∣ http://goldegg21.com
출판등록 ∣ 2003년 03월 26일(제300-2003-230호)

수박씨의 시간

임희숙 시집

황금알

여기까지 어떻게 왔는지 모르겠다.

거기에는 또 어떻게 가게 되는지 모르겠다.

세상은 모르는 것 투성이다.

그때까지도 시를 쓰는 시인이고 싶지만

거기에 가서도 시를 쓸 수 있을지 그것을 모르겠다.

차 례

1부

2부

3부

4부

1부

뜨거운 꽃

뿌리 속에 무쇠화로를 숨기고 있다
화로는 세상의 모든 것들을 다 삼키고 뱉어
어떤 형식이라도 거기 담기면 모두 내용이 된다
엄동의 한 가운데 가부좌를 틀고
검고 붉은 씨앗들과 희고 단단한 얼음과 오래된 무덤
까지도
녹이지 못할 것이 없다
세상의 형식들은 불이 되었다가 물이 되었다가 공기가
되었다가
후 불어내면 붉은 동백이, 혹 삼키면 노란 수선화가
되는
화로가 만드는 내용
그래서 꽃이 딛고 선 화로는 본디고
꽃은
신성한 생의 끝, 말미에 있다

수박씨의 시간

씨앗이 흩어진 풀꽃 무늬 쟁반 위로
여름비가 내리고
우물처럼 깊어진 집
벌레가 두고 간 껍질과 짐승의 터럭을 안고
꽃은 제 시절에 늙어갔다
우물이 마르고 눈이 내리고
어긋난 무릎의 각질이 나이테로 쌓이는 동안
다시 풀이 자라고 꽃이 피고
수박씨의 수액이 붉은 홍수처럼 흘러내리도록
빙하기는 오지 않았다

질긴 방패를 뚫고 흘러나오는
수박씨가 우물을 삼킨 시간
온갖 풀꽃들과 짐승들을 키워낸 씨앗

누구나 한 생은 그렇게 시작된다

서낭바위 그 집

그 집에 갔다

천년만년 구멍바위들이 악기처럼 우는 해변
지나 보낸 시간들이 무덤처럼 늘어선

소나무를 머리에 꽂은 지붕은
무슨 영험한 세월을 지나 보냈는지
진한 흉터를 목도리처럼 감고 있다

젊은 여자가 다홍색 부채를 펼치더니
그렁그렁 사연을 풀어 놓는다
말하지 않아도 두드리지 않아도
목구멍을 열어 울어주는
신통한 해변

고성 오호 오호리
피멍 든 서낭바위 속
구멍마다 신이 든 채
갔지만 당도하지 않은
그 집이 있다

신서神書

자해의 흔적을 본 적이 있다
손목을 그은 비장한 심장은 소통을 멈추고 비어졌다
임진강 암벽에 불거진 칼날 자국들
빛나는 직선과 오묘한 곡선을 읽는 강물의 비문 낭독은
캄캄한 밤마다 울어대는 짐승 소리에 섞인다

고된 길을 느리게 돌아나가는 물살이
몸을 구부려 쓰고 나간 은밀한 답문
아름다운 꽃과 뱃사공의 노래와 죽은 여자의 푸른 치마
이야기를 만드는 건 사람들의 힘이다

물은 무르고 아찔한 손톱을 가졌다
강이 품은 수천 년의 유서는 대필되었다
문장은 산화되고 박리되어 꽃처럼 피고 지고
죽은 꽃과 새로 뜬 별이 강물에서 하늘로 옮겨 다녔다

암벽의 유적을 핥는 일은 강물이 얻은 최초의 노릇
새로 신서가 새겨지는 핏빛 저녁이다

소란한 묵서墨書

　알고 보면 내 핏줄 속에 일억 오천 년 허풍이 흐르는
것을 이제 알겠다 광주 도마리에서 주어 온 사금파리 한
조각 고이 화장대에 올려놓고 아침마다 오백 년 호흡을
흉내 내다가 뚝도시장에서 산 오천 원짜리 어항 속에 퐁
당 던져 넣었다 사금파리는 물을 뿜었다 삼켰다 제멋대
로 백자 연적 흉내를 내다가 분양받은 열대어 새끼 중에
살진 한 마리를 냉큼 제 아랫배로 데려가 검붉은 무늬로
삼았다 어린 열대어들이 물방울을 튀기며 어항 밖을 탐
할 때마다 나는 백자철화물고기무늬 연적에 더 커진 허
풍을 담아 마셨다 목구멍을 훑고 지나가는 물인지 먹물
인지 내장의 근육층마다 글자를 쓰고 지나갔다 참으로
달필이다 소란한 유적이다 불에 태워도 뼛조각에 남을
묵서다 허풍이다

능수자작 한 채

자작나무 아래 무쇠 아궁이를 들여다보다가
재만 남은 나이테를 뒤적이다가
부지깽이를 들어 아메리카노를 젓는다
아프리카에서 온 검은 열매가 폐를 물들이는 동안
아메리카노는 호수처럼 깊어졌다

만삭의 자작나무 잎사귀가 꽃을 매달고
탁자 아래까지 휘 늘어져
성수동 카페면 어떻고 늙은 부엌이면 어떻고
아메리카노면 어떻고 검은 숭늉이면 어떻고
눈이 생각하는 대로 마음이 보는 대로
세상살이의 진실은 옮겨 다니는 법이라고

그래 호수면 뭘 하고 아궁이면 뭘 하고
뭘 하고 뭘 하고
그러니 새똥 냄새가 지저귀거나 흔들리거나
자작나무 꽃이거나 자작나무 열매이거나
능수자작 한 채를 흔들고 있는 게
바람인지 새인지 하느님인지
알든 모르든

무화과를 만나다

너를 만난 적이 있었다
꽃을 감춘 나무라니
정동진 낡은 고샅길 끝에 어둡게 매달려 있던
꽃을 숨긴 녹색의 열매
처음으로 무화과를 씹었다
첫 경험은 언제나 눈물겨운 법
겹겹이 둘러싼 꽃잎의 어깨너머로
실눈을 뜬 한 꽃잎과 눈이 맞은 순간
우리는 나란히 혼절했었다

꽃을 잉태하기까지
푸른 소금물이 담벼락 아래 다다르기까지
태양을 떠나온 햇빛이 엽록소를 만들어내기까지
과즙처럼 익어가는 시간과 시간의 틈새
배냇짓 하던 입술은 늙은 주름을 매달고

한쪽 볼만 붉은 한 꽃잎
저 혼자 자지러진다
처음으로 처음처럼 혼절하는 매무새라니

시작이면서 끝인 너의 해방구
너와 나의 생
치명적인 찬란이다

나의 부석사

무엇이 부석이냐
핏줄 안을 떠돌던 돌멩이
낭떠러지와 계곡과 복숭아밭을 지나
불어난 흙탕물에서 움직이지 못한다
번지는 통점의 얼룩얼룩

어디가 부석이냐
산빛 돌덩이와 물빛 돌덩이
구름 그림자와 이끼 숲과 감나무를 지나
무량수전 배흘림에 닿아 멈춘

어찌 부석이냐
바람 든 등뼈는 팔월에 더 시리고
욕창 무늬 진 옆구리는 어둠에 더 뜨거워
바람이 햇살을, 별빛이 어둠을 다독이는

양치질을 하다 뱉어낸 돌멩이 쪼가리
집도 절도 없이 떠돌아다니다가
세상을 버렸구나

옆구리에 지었던 암자의 깨진 기왓장
부석浮石이 여기를 다녀갔구나

약서랍을 열다

게보린릴렉스펜신신파스아렉스제미지스지르텍노즈타이레놀코프정아루사루민잔트락틴 눈이 침침하다 편두통이다 뻑뻑한 관절처럼 덜컹 하고서야 열리는 약서랍에 늙은 정원이 있다 꽃이 진 가지마다 알약이나 과립이 호리병처럼 매달려 있다 반쯤 기울어진 나무 의자에 앉아 햇살에 홍채가 바스러진다고 이마는 갈치 주둥이처럼 뾰족해지고 있다고 곧 편두통의 부리가 두개골을 쪼아 버릴 것이라고 하소연하다가 알약의 은박지를 뜯는다 견갑골을 지나 배꼽 아래를 지나 왼쪽 무릎으로 내려가는 통점은 작고 분명하다 오래전에 내다 버린 고통의 기억은 다른 얼굴을 하고 온다 편두통이었다가 무릎통이었다가 심장통이었다가 자궁통이었다가 지희끼리 엉켜서 릴렉스펜이 타이레놀이 잔트락틴이 흡혈모기처럼 들러붙는다 모두 유통기한이 지났다 너무 늦게 왔다 약이 꽃처럼 떠난 후에 병이 왔다 약서랍을 열면 늙은 정원이 있고 낡은 의자가 있다 이번 생은 불치다

봄날 가지치기

처음에는 살구나무였고
다음에는 목련나무였는데
아닌 밤중에 반 토막이 난 살구나무는
꽃을 막 밀어 올리려다 얼음이 되었고
하루건너
목련나무는 어깨 혹은 모가지가 잘려나가
고양이들이 낮은 포복으로 되돌아갔다

얕은 정원을 가진 아파트에
꽃이 없는 4월은 처음이었다
봄이 다 가도록
내내 아픈 나무와 함께 울어주는 건
얼룩이 흰뺨이 보슬이의 이름을 가진
길고양이들
살구나무의 아랫도리에 뺨을 부비거나
목련의 허벅지에 귀를 대고
나무의 이야기를 들어주는 동안
팬데믹의 봄날이 지나가고 있었다
아주 잠깐 그렇게

와흘 본향단

와흘臥屹로 가는 누구의 누구의 집
평생을 구부정한 무화과나무가
가려운 등을 돌담에 문지른다
본향당의 문을 밀면
가라가라 흉흉하게 소리 지르는 까마귀 여럿
한 걸음 떼기가 무섭다 죄를 많이 지었다
나무의 머리칼마다 촛불로 묶어놓은 소지들
살아있는 사람의 이름으로 가득한 숲
입술이 눈이 눈썹이 나뭇가지에 매달려
너무 많은 눈물이, 너무 많은 고해가 넘치는
신당神堂이다

한 뼘 건너 돌담 너머
길게 모가지를 내어놓은 무화과나무
신기 아니라면 저리 많은 열매를 낳았겠는가
영험한 공수가 아니라면 어찌 꽃을 외면했겠는가
비바람에 무화과 몇 개 떨어져 몸을 뉘었다
열매 안에 고인 핏물
부서진 귀퉁이로 새는 출혈이다

이딴 피쯤이야
목젖으로 삼키고 있었구나

우리 엄마 흔들리는 어금니를 감추고
흔적만 남은 젖가슴을 여즉 동여매고
본향단 소지처럼 투명하게 저며지는 동안
무화과나무 우듬지에 날아와 잠드는
색 바랜 까마귀들아

잠원에 대하여

한강을 건너 잠원을 지나면 터미널이 있다고
스승님은 말씀하셨다
터미널에 도착하기까지 아니 차표를 손에 넣을 때까지
아니 아니 그곳에 도달하기까지는
기다리고 기다리라

잠원蠶院은 이름처럼 뽕나무를 키워 누에를 살리는 곳
열차의 열린 문 안으로 누에들이 들어왔다
짜다만 비단 피륙을 어깨 아래로 늘어뜨리고
배우처럼 상기된 얼굴로 빈자리에 앉는
젊은 누에 한 마리와 눈을 떴다
몸집을 불려야 고치를 짤 힘을 얻는 법
나도 누에처럼 다리를 꼬았다

뽕나무 잎사귀만으로 든든하냐고
스승님이 키우실 나무의 잎사귀는
그림보다 더 푸르고 무성할 것이라고
그 안에 감춘 비단실은 더 찬란할 것이라고
도를 아시나요 무릉을 아시나요 나루터를 아시나요

젊은 누에의 팔랑귀에 대고
창문을 낼 톱과 망치를 마련했다고 말하려다
집 지을 모래와 뽕나무 기둥과 커튼을 짤 명주실까지
말해주려다 터미널이 지나갔다

다 다 그만두었다
다행이었다

밀가루를 빚기로 했다

칼이 박힌 국수 가닥이 밥상 위에 널브러져 있다
칼국수로 밀가루를 빚으려는 결기
칼을 빼내는 일에만 한 생이 지나갔다
무늬를 새기는 일에 지난 평생이 걸렸으니
지우는 일에도 새 평생을 걸어야 한다고
어머니는 늘 혼잣말을 하셨다
눈물과 한숨이 강을 이루었네
국수의 무늬는 언제 빠지려나

칼의 무늬를 안은 국수의 희멀건 등짝
상처를 빼내고도 무늬를 지우기에 너무 느려
상감 문신의 국수 가닥이 꾸덕꾸덕 말라가고
어머니가 된 내가 혼잣말을 연습한다
떠날 때가 되었다네
시간이 없다 무모한 생이여
칼국수가 칼을 버리고 물을 버리고 밀가루가 되어야
하는
오늘의 반역을 용서하라

국수 가닥이 물기를 토해내는 들판
무늬로 얼룩진 국수 알갱이들이 굴러와
밥상이 온통 삼각주 모래벌이 되었다
내일은 백중이고 사리
다시 삼각주로 오는 물길이 열릴 것이다

홀수가 옳다

별의 꼭짓점은 다섯 개가 옳다
별을 보는 눈은 이리저리 슴벅거리다가
샛눈으로 홀수가 되고
붕대를 감은 귀 아래
빵을 먹는 입은 처음부터 홀수라 좋다
엄지와 검지 사이 긴 붓을 세워 팔다리를 다섯으로 삼
는 게 옳다
내가 나날이 살찌어서 홀수의 몸무게에 다다른다면 그
것이 옳다
산삼 가지가 셋으로 가장귀지고
독 묻은 열매를 낳아도 칠엽수는 칠엽이라서 항상 옳다
가시오갈피 잎사귀가 다섯 개인 것처럼
내 몸의 불로장생을 위해서는 홀수가 옳다

어머니 아버지가 나로 인하여 셋이 된 것
그것이 옳았다면
아버지 어머니가 떠난 뒤에 나는 홀수가 되는 게 옳다
다시
일곱 칠엽수도 가고 다섯 별빛도 가고

흰 벌판에 홀로 남게 된다면
드디어 드디어 혼자가 된다면
그것이 옳다
홀수가 옳다

시월, 적벽赤壁의 시간

강물의 입술과 이지러지는 달
모르는 이들의 노래와
무릎 아래 엎드린 나룻배의 거친 나이테
장강의 푸른 물은 아니라도 동교동의 붉은 강인 줄은
알겠다

동교동 삼거리의 뜨거운 체온을 비껴갈 때
응급실로 실려 간 아버지 소식에
오십이 다 된 막내는
수만 개의 화소를 불꽃처럼 쏘아 올리며
눈물을 흘리는 인형 그림을 보내왔다

삶이 면역력으로 살집을 키우는 동안
칠흑의 어둠이라 생각했던 죽음은
순한 질감을 가진 숲으로 변해 갔고
그 숲으로 가는 쓸쓸함이 도시의 흥에 묻힐 때

사물들의 윤곽선은 더 또렷해졌다
꼭 알맞은 시간에 당도한 나의 저녁은

개는 개로 늑대는 늑대로 아버지는 아버지로
그렇게 분간되는 시간을 맞을 것이지만
참을 수 없는 허망은 매일의 저녁을 흔들어 댈 것이다

아버지에게 드릴 미음을 젓는다
꽃이 다시 꽃으로 오고
강물이 다시 강물로 흘러가는 것처럼
세상 모든 사물이 점점 더 또렷해지는
시월, 적벽의 시간

동백, 아무개 아무날

아무개 아무날이라고 하자
절벽에 서서 동백을 보던 날
민낯의 은밀한 결은 차마 범할 수 없는 아름다움이었지
양귀비나 장희빈이나 다 그렇지 않았겠나
닿을 수 없는 여인의 미모는 하늘에서 온 거라는데
물길마다 처참하게 잘린 모가지들
절세미인의 향기로운 피밭이다

아무개 아무날이라고 하자
동백꽃 하나를 통째로 삼켜버리니
입술은 붉은 피로 물들었고
잎사귀가 모가지를 세우며 덤벼들었지
하기야 여자들이 죽을 때 그냥 갔겠나
아름다움의 끝은 처참한 주검이지만
종족보존의 욕망이 샛노란 수술을 흔들던
아무개의 아무날
꿈은 절벽 아래로 뛰어내리는 것이었지만
모가지는 잘리지 않았고 동백의 핏물도 들지 않던
바로 그날

2부

아스파라거스

이부자리에 물든
엽록소의 푸른 기운
열다섯 낡은 일기장 안에
아스파라거스 잎사귀
여태

납작한 몸이 되었구나
공기 물기 다 버리고 염료만 남아
거기 유서처럼 박혀있는 두루마리 한 장
늙어버린 전나무
생선뼈처럼 일어나
거무튀튀한 알갱이를 튕기며
이제 목소리가 엄마 같군
눈가 주름이 꼭 네 엄마야

오래된 잎사귀의 시간
사춘기의 입술을 흔들어봐
눈물 번진 두루마리를 펴고 들여다봐
거기 있는 건 엄마인지 나인지
아스파라거스

슬쩍 밀어 닫은 방문

벽 너머 아버지가 신문을 넘기시는지
활자들의 지느러미가 팔딱거리는지
비린내가 끼치는 아침
혈압으로 몸져누운 어머니를 병실에 두고
구순이 넘은 아버지와 잠을 잤지만
어느 민박집인 듯 낯설었다

새벽녘 아버지는 키우던 금붕어를
학의천 풀섶 아래 놓아주고 오셨다
물고기가 든 비닐봉지를 쥔 손주름
여윈 다리와 굽은 어깨 위로
해는 떠오르고
왜 그러셨냐고 물고기는 곧 죽고 말 거라고
말하지 못했다
학의천의 물고기들아
아버지의 모진 눈물아

밥상을 물리는 아버지의 바랜 은수저
슬쩍 밀어 닫은 방문 틈으로
빈 어항에 걸쳐놓은 붉은 지팡이

에티오피아 매화나무

매화를 보고 온 저녁
흰 런닝셔츠를 입은 꽃잎 하나
에티오피아 예가체프 물가에 날아와
커피를 따는 여자의 송곳니처럼 눈부시다
찻집에서 보는 한강의 노을은
열매가 익는 아프리카의 산등성이를 붉게 물들일 참이다

커피를 담은 찻잔은 그녀의 젖퉁이처럼 출렁거리며
죽은 나무를 두드려 깨운다
여자의 충혈 된 흰자위가 흘리는 꽃향기
탁자를 헐어 늙은 매화나무를 일으켜 세우면
커피 위를 떠다니던 런닝셔츠가
굵게 비틀린 나무 끝에 매달려 핀다

그 여자의 검은 망막과 흰자위
에티오피아 검푸른 강물 위
맑은 매화 한 송이

풍설야귀인 風雪夜歸人
— 최칠칠에게

처량한 몰골로 집으로 돌아가는 줄 아시겠지만
천만에 쓸쓸하지도 배고프지도 않네
동에서 서로 남에서 북으로 겨울바람은 불고
오동나무 무른 가지도 사립문 싸리나무도
바람인지 눈인지 눈을 감을 뿐이지만
눈보라 때문이 아니지
저기 산속에 매화가 필 때라서
입술 내민 꽃잎의 향이 독해서지
두 발바닥이 매화 소식을 들었다네
술에 취해 비틀거리는 것이 아니라네
허리를 굽혔다 펴는 순간
바람을 향해 주먹을 날리려는 거지
나는 여전히 꼿꼿하지
그저 조금 흥분하고 있는 거지
저녁밥이야 설레서 굶은 거지
매화에게 가는 길은 언제나 비뚤거릴 뿐
글피처럼 내일도
부릅뜬 눈으로 눈보라에 대들면서
짧은 헛발질을 하는 거지 그렇지

저녁 풍경

지평선인 줄 알고 등을 눕혔네
삼백예순 다섯 날을 그랬던 것처럼
세상에서 가장 안락한 자리라 생각했지
눈을 떠보니 공중에 떠 있는 관
지상 사십 미터 위에 토우처럼 누워 있네

두물머리 풀밭에 가 허리를 눕혔네
맨땅이 삼 십 육도 오부의 몸으로 들어와
흙인지 풀인지 나인지 허물어졌네
허리를 돌리니 문득 허공
화성과 목성과 모르는 별들이 무수히 떠다니고
그중 가장 거친 지구별의 모퉁이

커피를 마시는 저녁
모퉁이에 앉으면 닿을 듯 가까운 별들
수성과 금성과 그리고 그리고 꽃 같은 별들이여
내가 던진 커피를 냄새 맡거든
주름 틈새와 손톱 밑 그늘로 이슬이 들기 전에
이름을 불러주시라 오늘 저녁

저녁을 그려다오

나를 그려다오
입술과 귀와 목덜미와 혀
엇박자를 오르내리는 심방과 심방 사이
찢어진 한지처럼 얇은 세포벽을
주름치마로 가린 난소의 빈방을
굵은 귀얄로 그어다오 칠을 해다오

이백 이동 삼백 사호에 든
어깨 좁은 남정네와 팔다리가 굵은 여인을
방안에 펼쳐놓은 붉은 개다리소반
이빨 자국 선명한 숟가락과 젓가락을
쌀뜨물에 베인 손등의 상처와 고기의 핏물
멸치볶음 한 움큼과 된장에 무친 취나물을 그려다오

풍경은 폐사지처럼 한가롭고
사물은 야무져서 거칠다
변장한 핏줄이 풀밭을 어슬렁거리는
삐뚤어진 나의 저녁을 그려다오

오동나무가 사라졌다

오동나무가 사라졌다
자투리로 남아있던 아파트의 풀밭에
통째로 서 있던 거문고 한 채
늦은 봄날이면 몸통 가득 꽃을 매단 채
끊어진 현으로 소리를 흘리던
나무의 자리가
절간처럼 고요하다

꽃을 데려와 손을 잡으면
눈 먼 방이 환하게 눈 떠
소박한 집이 송두리째 악기가 되던
커다란 거문고 한 채

풀밭 흙덩이와 돌멩이는 묵언 중이다
여기 오동나무가 있었던가
못 본 체 못 들은 체
그를 사랑했던 기억도 귀동냥이었나
정말 여기 오동이 있었다구요
누구 없어요?

명사산은 없다

명사산鳴沙山에 간 적이 있었다
몇 채의 산과 몇 마지기의 포도밭을 허물며
사막의 한 가운데로 갔다
쌍봉낙타의 등뼈를 탄 구경꾼의 행렬 뒤에서
오방색 상여 하나가 모래산을 오르는 동안
상엿소리가 비단 올처럼 풀어지는 동안
벌어진 입술 안에서 죽은 벌레처럼 모래가 씹혔다
신기루였다
뚱뚱한 여자 하나가 상여 안에서 나오는 것이었다
지폐를 내밀어 부활을 산 여자의 몸무게는 산을 허물
고도 남았다
갑자기 모래폭풍이 몰려왔다
구부렸던 무릎을 펴고 낙타들이 우르르 일어섰고
무너진 산에서 수백 수천의 낙타들이 걸어 나왔다

명사산이 있다는 말을 들어보지 못했다
그곳이 눈으로 지은 허망이었다고 말하진 않겠다
바람이 불었고 모래는 안개꽃이었고 햇빛은 눈을 재웠다
어디서나 살다가 죽고 다시 살아나고 있었으므로

마스카라를 샀다

단추만 누르면 속눈썹을 말아 올리는
마스카라를 샀다
온몸이 들창을 올린 마루처럼 환해서
어처구니가 없어도 지붕이 오묘했다
누가 들여다보면 돌아앉으면 그만인
푸른 하늘 하나를 샀다
속눈썹 끝이 멀리 있는 하늘을 끌어당길 때마다
하늘과 눈동자의 경계가 허물어져
이미 한세상을 경영하고 있었다

시력이 매처럼 깊어졌다
손톱은 길고 구부러져 사냥하기에 적당해서
시간이 날 때마다 손톱을 갈고 다듬었다
오십 년 된 서랍 속을 굴러다니던 잡동사니들이
속눈썹의 끈끈한 점액에 달라붙어 징글징글했다

때는 늦었다
보이지 않아도 사냥할 수 있는 나이가 되었지만
이제 마스카라 없이는 시력도 없다

속눈썹에 매달린 하늘이 무너질 때까지
하늘을 매단 눈꺼풀이 허물어질 때까지
검은 마스카라 뚜껑을 닫지 않았다

붉은 새

블루가 반나절 가출을 하고 돌아왔습니다
블루는 중성화수술을 받은 샴고양이입니다
털에서는 초코 향이 나고 검은 장화를 신은 듯 멋진 다
리를 가졌지요
그날
어두운 화단 구석에서 블루를 찾았을 때
얼룩무늬 길고양이와 앉아있었습니다

집에 돌아온 블루는 그날도 다음 날도 잠만 잤습니다
곁에 누우면 슬며시 일어나 내 얼굴을 내려다보다가
창문 쪽을 향해 하염없이 앉아있었습니다
그날 길고양이는 무슨 말을 한 것일까요

블루야 나도 예전엔 붉은 새였다
지금처럼 커다랗고 못난 사람이 아니라 작고 예쁜 소
리를 가졌었지
나는 숲속을 날아다니는 작은 새였고 너는 새를 쫓는
귀여운 사내아이였고
네가 아름다운 사향노루였을 때 나는 공중에 집을 짓

는 까막딱따구리였으며

　블루가 다가와 무릎에 이마를 문지릅니다
　그리고 하늘 같은 눈으로 나를 올려다봅니다
　블루의 두 눈은 숲속 호수처럼 맑고 깊습니다
　사실 붉은 새였다고 말할 때 나도 이미 젖어 있었습니다
　불쑥 나온 말이었는데 온몸에 전율이 오더니 심장이
저렸습니다
　사흘 동안 누워만 있던 블루의 심장도 그런 그리움에
닿았던 것일까요
　그리고 나는 정말 붉은 새였을까요

니스, 푸른 비둘기

비둘기 한 마리
에스프레소, 잠든 커피나무를 깨우는구나
부리로 길어낸 열매를 탁자보에 문지르다가
문득 나뭇가지에 널어놓은 푸른 깃털

나의 고양이 블루
언제부터 니스의 카페거리를 떠돌았느냐
부엌 유리창 비 듣는 소리에 하염없더니
털 빠진 담요와 누추한 손바닥에 살갑더니
다리 둘을 감추고 문득 새가 되었구나

탁자에 널린 하얀 피륙 너머
기억하느냐
빨래를 널던 내 등짝에 훌쩍 뛰어올라 장난질하던
놀이터가 보이던 베란다를 아느냐
너는 몇 겹을 건너
고양이의 혀를 버리고 여기로 와 비둘기가 되었는가

아득한 시간을 건너온 우리는

에스프레소, 뿌리를 버린 나무 앞에서
반려의 옛 맹세를 버린다 비로소
니스의 푸른 자갈밭에서는 이별이 제격이라고
나는 아직 사람의 네 발로
너는 비둘기의 두 다리로

투르 가는 길

노르망디 해변을 지나
투르 가는 길에 어린 왕자를 만났다
한적한 시골의 작은 휴게소였는데
등 뒤에 달라붙은 가시 하나를 떼어주려다가
덜컥 가시가 내게 들어왔다
컵을 주세요 내 양에게 물을 줘야 해요
립스틱 자국을 문지르고 컵을 건넸다
풀을 뜯던 양이 유리문을 열고 들어와
컵 속으로 혓바닥을 밀어 넣었다
어린왕자는 아무렇지도 않게 주머니 속에 빈컵을 구겨
넣었다
밖으로 나오는 두엄 냄새와 꽃의 향기가 묘했다

프랑스 투르로 가는 고속버스를 타 보시라
휴게소 앞에서 풀을 뜯는 흰 양을 만난다면
주머니에 컵을 넣고 기다리시라
노란 스카프를 목에 두른 남자가
기막히게 묘한 냄새로 곁에 서 있을지 모른다
우리가 아무렇지 않게 만나고 아무렇지 않게 헤어진

것처럼
　어린왕자는 늙어갈 것이고 양은 여전히 목마를 것이니
　당신의 주머니에서 컵을 건네주시라
　아메리카노도 에스프레소도 담기지 않은
　우물처럼 깊은 컵

수상한 그릇

입술에 눈을 맞추거나
얼굴을 집어넣고 안을 들여다보면
거기 사람의 얼굴이 둥둥 떠다니는
백자 주발 하나

밀양에서 온 기장밥 한 솥으로도 채워지지 않는
그릇은 통이 너무 커졌다 무서운 게 없다
어쩌다 숟가락이 그릇 속으로 미끄러지면
첨벙! 우물 소리에
물방울이 밥상 모서리까지 튀어 올랐다

두레박을 내리면 녹이 슨 머리핀과 부러진 연필
장미꽃 테두리가 선명한 공주거울이 들어있어
거울 속에 갇힌 여자의 얼굴
여자 뒤로 낯익은 바다의 절벽 너머
새의 알도 삼백서른 개쯤일 것이다

물 먹은 고물만 실려 나오는 바닥으로 내려가면
진 기장밥이 갯벌처럼 퍼진 밑둥에

꽂히고 넘어진 숟가락을 품은

참 수상한 그릇

쓰지 말아야 할 시

거북은 갑옷 아래 비늘이 수북하다고
비늘이 월선포 노을만큼 빛난다고
음흉하게 웃었다
듬성듬성 발바닥 털을 세워 그린
갈필의 숲과 나무 사이
피멍 든 생살이 열매처럼 솟아
움직일 때마다 방울 소리가 났다
그런 소리를 내는 거북은 처음이었다

문틈으로 든 달빛이 부풀어 오른 시월
굳이 고백을 듣고 싶지 않았지만
삼천 년이나 비구름 같은 갑옷을 끌고 허덕였노라고
자신의 생애는 비 오려는 찰나의 칼끝 같았노라고

달빛에 떠밀린 창턱이 물렁하게 주저앉아
떠나는 것인지 다가오는 것인지
거북의 입천장이 꽃처럼 붉어
설레는 것인지 흥분되는 것인지
삼천은커녕 백 년도 걷지 못한 눈꺼풀은

신생아처럼 자주자주 닫혔다

바이러스의 강물을 건너는 중이었다

3부

몸이 말했다

나도 그리울 때가 있다
오래된 가을 풍경이 누구와 닮았을 때
꿈틀거리는 모가지의 핏줄을 염려했고
오래된 연애에 금방 젖어버리는
몸의 구석구석을 단속했다

나는 당신의 슬픔을 염려하지만
당신은 아는가
이름만 들어도 심장의 판막이 우수수 흔들려
붉은 세포들이 꽃잎처럼 떨어지는 경련을
마음이 알아채기 전에 반응하는 기미
당신이여 나는 당신이라는 몸이다
당신이 평생토록 기댄 마음보다 더 빨리 당신을 기억
하는
당신이라는 이름이다
당신보다 먼저 아프고 당신보다 먼저 슬퍼지는

몸은 늙고 여위었다 원망하지 말라
세상을 떠날 때 마음까지 간다는 것을 모르는
참 눈먼 당신

매에 찍히다

그는 처음부터 왼쪽 눈썹 위에 움푹 팬 상처를 달고 왔다 눈빛은 금방이라도 내 발목의 거친 무늬를 잡아챌 것 같았고 실룩거리는 눈썹이 어둑한 전시장으로 숨어든 이유를 설명했다 움찔하여 발톱을 둥글게 말고 가슴을 펴 모가지를 빼다가 그렁그렁한 그의 눈과 마주쳤다 울 것 같았다 더는 기다릴 수 없었다 오동나무 가지를 밀쳐 내고 정수리 쪽으로 날았다 다만 경고일 뿐이었다

매의 살기는 게으른 손톱이 스스로 녹아내리고 머리칼의 힘줄이 솟구칠 정도였다 매그림 앞에 선 심장이 소리를 멈추었다 그야말로 물감을 적셔 쓰윽 붓질할 때마다 신들린 듯 이리저리 치켜 올리던 화가의 손목을 치고 순식간에 매가 날아올랐다 잎사귀에 묻은 옅고 진한 먹물에 깃털을 적신 짐승이 거칠게 내뱉는 이산화탄소가 전시장에 가득 찼다 사람들은 슬슬 게걸음으로 물러가고 나는 방독면을 꺼내 들고 쓰러질 듯 빠져나왔다 매의 부리에 찍혔다 심장에서 붉은 핏물이 흘렀다 다행이었다

오십 그리고 오오

그를 오십이라고 읽는다

방바닥에 떨어져 있는 머리카락 한 올 영점영영팔 밀리미터 속에 닳아빠진 운동화의 실밥과 열다섯 살의 쇠똥 냄새와 열여덟의 순정과 기름때 낀 스무 살의 손톱과 재수학원의 담배 냄새와 시골뜨기의 헤진 코트깃과 허름한 술집에서 토해낸 닭똥집과 새벽을 꺼드럭대던 치기와 밤을 지새우며 쓰던 시편들과 잡지사의 월급봉투와 아들의 오줌 기저귀와 사표 없이 사표를 던진 잡지사의 이름과 방방곡곡으로 책을 팔아 얻은 낡은 지폐 가루와 버리지 못한 교정지의 무게와 해결하지 못한 계약서의 인주 자국과 고물상으로 보낸 집기들과 못쓰게 된 연필들과 종이들과 책들과 차마 버리지 못하는 아내와 그리고 또 그리고 그것들이 오롯이 들어있는 머리카락 한 올을 오십이라고 읽는다

그를 다시 오라고 읽는다

달려도 달려도 따라 마칠 수 없는 디지털의 속도를 쳐다보며 부릅뜬 눈 밑의 주름에는 허물어진 통장 안의 숫자들과 군대 간 아들의 휴가 날짜가 지그재그로 난 기차길 오오! 라고 외친다 그는 오십 그리고 오다 오오

화양연화의 한때

늦은 오후의 산행은
수백 년 살이 바위의 깨진 등에 가 닿는다
돌 틈새에 숨은 산화철의 알갱이들
한때는 백자 위에 모란을 피워냈다고
검붉은 손톱을 치켜세우고

적막강산에 꽃 떨어지는 소리는 천둥처럼 무섭다
꽃의 목울대가 삼키는 슬픔이
소란스런 발바닥 아래 흩어질 때쯤
한때의 찬란한 흔적은 이미 없어
한 세상이 참혹하게 끝난 줄 알았겠지만

산길에서 붉은 심장 여럿을 주어왔다
저 꽃의 핏물은 다 어디로 가려는가
저문 땅을 비집고 가는 꽃의 뒷모습

찻물 위에 남의 심장 여럿을 둥둥 띄웠다

벌레 도드리

일천구백구십칠 년 문학동네 김영하 소설집을 뒤적이
다가
오호 오십일 쪽을 여는 순간 멈칫 벌레 한 마리가
미라의 밀랍을 깨뜨린 것처럼
빙하의 얼음을 녹인 것처럼
부스스 비틀거리며 오스트랄로피테쿠스처럼 걸어 나
왔다
산초가루만큼이나 가늘고 둥근 검은 벌레
활자와 활자 사이를 두리번거리다가 눈이 마주쳤는데
얼마나 거기에 있었는가 무얼하며 지냈는가
이름은 무엇이며 어디에서 왔는가
벌레가 고개를 흔들었다 생각이 나지 않거나 알아듣지
못하거나
그러다가 심한 두통이 찾아온 것 같았다
직립보행으로 걸어가 한 흑색 잉크 위에 올라앉더니
입술을 내밀어 대금을 불었다
7장 같은 4장인지 4장 같은 2장인지
나오는 것인지 들어가는 것인지 분별되지 않는 비틀
걸음

책을 덮지 않았다
벌레는 도드리
일천구백구십칠 년으로 돌아갔을까

멸치의 이름으로

등은 푸른바다거북 등껍질처럼 야물다
허리는 사려니숲길처럼 아득하다
아가미는 가을 저녁 문틈처럼 가늘다
너는 살아있지 않아
눈꺼풀은 생칠을 한 나전처럼 오래되었고
비늘은 경주 계림로 꽃잎으로 쌓인 운모
지느러미는 자바공작의 정수리에 섰던 벼슬

궁금하다
생전의 너와 만나지 못했으니
고향을 알지 못하지만
양파와 마늘의 칼자국에 눈 감지 말고
이끼 위를 걷는 거북처럼 공작의 볏을 세우고
죽어서야 갈 수 있는 나라
들어가라 황홀한 운모로 둘러싸인 신화의 숲

알지 못하는 것이 없지 않지만
아가미처럼 귀를 말아 이름표를 엿보고
반쯤 뜬 눈으로 네 노래를 엿듣다가

너를 멸치라고 부른다

중력에 대하여

한 세상에 기울어진 때가 있었다
지구가 달을 잡아당기고 달이 사람을 잡아당길 때
흙덩어리가 강물을 잡아당기고 상처를 잡아당길 때
한 사람에게 한 나라에게 한 우주에게
몰입했던 건 순전히 중력 때문이었다고
하루는 달의 강물에 머리를 감았고
하루는 검은 마그마에 빠져 녹아 없어졌으며
연기처럼 불가마 곁에 앉아 사발을 굽기도 했다

수색으로 가는 전동차의 반동에 겨워
옆자리의 사람에게 기울어진다 잠깐
어깨에 기대니 따뜻하다
전동차의 바퀴는 아슬아슬하게 지구를 벗어나지 않았고
옆 사람의 체온이 숯불처럼 옮겨붙지도 않았다
나를 끌어당기다 밀치다 다시 당기는 중력은
시간의 살 속을 핥으며 남아있지만

모를 일이다
지구가 발을 헛디디는 순간

내가 목성이나 토성 밖 어디에서 돌멩이로 떠돌게 된
다면
　지구여
　여윈 곤충이라도 풀어 나를 당겨 줄 수 있는가

거돈사가 비었냐구요

남은 자들의 이름을 부르네
돌계단 돌쩌귀 쪼개지고 포개진 시간들
넓적하게 물컹하게 덩그러니 놓인 풀밭
부처가 앉았던 돌덩이에 잠시 머물다 간 일월
아직 따뜻해
엉덩이가 남긴 무른 자국에 몸을 맡기면
사라진 부처의 발가락과 손가락이
수백 년 나뭇가지에 매달려 있구요
느티는 느티를 낳아 허리춤에 기르고
새끼의 가랑이를 등껍질로 덮어주는
뜨겁고 살벌한 모정이네요

거돈사 절터 풀밭에 앉아 시원하게 오줌을 누면
섣달 열흘 굶은 흙덩이들이 자궁을 벌리는
잉태의 찰나가 생생하게 열리구요
눈을 감으면 석탑과 금당의 서까래와 추녀
뒤틀린 힘줄로 떠받치는 주심의 기둥들이
심장을 흔드는 이것이 헛것이라고 말할 수 있냐구요
장딴지 같은 기둥을 문지르면

손바닥에 쓸리는 소나무의 늙은 주름이
가슴팍에 떡 들어와 눕는
싱싱한 삶의 욕정이 보이지 않냐구요
정말 절터가 비었냐구요

내 친구 프리스카

내 친구 프리스카는
하얀 포메리언 강아지를 데리고 살았네
프리스카가 비올라의 활을 집어 들면
철문을 긁다가도 곁에 와 쪼그리고 앉았다네
사람의 순서란 예정되지 않은 들락날락이라지만
조르쥬 블라크의 액자 그림 속
그녀의 손가락은 두 번째 현에 걸려있네

문상 가는 왕십리 길
저녁 하늘의 초승달 곁으로
줄이 없어도 소리를 내고 갑에 넣어도 들리던
내 친구 프리스카의 악기는
사십 년을 저 혼자 비틀고 뒤척이다가
소리만 갑 속으로 들어가고
맨몸의 비올라가 빈방에 앉아 울고 있다고

나를 찾아온 짧은 부고장

모래내 여지도輿地圖

모래내시장 옆으로 미용실과 사진관과 개소주집이 있
을 것이고
시장은 모래톱을 길게 거느리고 세월을 부리겠지만
모래내에 가지 못했다
시간이 물길에 섞여 떠나간 지 오래
모래를 희롱하던 가재와 붕어와 아이들만 남아있을
그 물가로 차마 가지 못했다

나무 의자에 앉아 낡은 지도에 그림을 그려 넣는다
쪽파를 까는 부러진 손톱과 엉겅퀴 가시에 색칠을 하면
가재들과 송사리들이 천둥소리로 거슬러 오고
모래 속에 집을 짓고 살던 살진 풍경이 바짝 일어선다
허공 안 층층으로 물소리를 그리면
이제 남은 여백은 모두 모래라고 그림은 말할 것이다

복숭아를 실은 리어카 한 대
리어카 위에 푸른 담요 한 장
담요 위에 누운 여자의 여지도 한 장

주산지 注山池

정월의 왕버들이 비장하다
얼어붙은 저수지를 통째로 쓰고 있는 문장
입구에서부터 난해한 그들의 문장은
자음과 모음과 행간이 엉켜있다
해독하지 못한 왕버들의 몸은
암호이고 상징이고 은유일 터
대가리를 쳐드는 저 무시무시한 나무의 독기
정강이를 당기는 참혹함과 발가락을 간질이는 비열함도
모가지가 뒤틀리도록 참아내리라

독사처럼 독이 올랐다
까짓 얼음이라면 물과 구름과 안개의 생애가 있을 뿐
이라고
몸으로 쓴 왕버들의 도도한 문장
물에 몸 담근 채 나무로 살아온 물상들이
쉴 새 없이 발가락을 꼼지락거리며
바닥에 숨은 불씨를 찾고 있다

이제 성냥만 들이대면 된다

불탈 준비가 되어있는 저수지
총알처럼 얼음물에 드는
내 몸이 성냥이다

우체국, 모래내

모래내의 유리문을 밀면
고된 발가락 틈새로 정수리를 디밀던 파편들
이제 빵가루 모서리처럼 반투명이다 아득하다
우체국 난간 위에 꺼내놓은 한 움큼의 심장
저울의 눈금이 여름날 푸른 잎사귀처럼 일렁거린다
손톱 끝에 매달리는 주소가 액체유리로 녹아내리는
구북2영포읍경도룡상일용김173-

그때의 주소는 아직도 유효한가
시간이 너무 가 버렸다
이십 년 전 삼십 년 전 모래가 떠밀려 와
사방팔방 가는 길을 물었다
심장에 드난 살던 붉은 깃발들의 방
인강차설파유지다금사애도규청연하
그때 그 사랑은 아직도 유효한가
그때 그 깃발들은 여전히 싱싱한가

더는 내달리는 심장의 무게를 잴 수 없다

살아야겠다

한겨울을 베란다에서 보낸 선인장이 위태롭다
살 껍질에 솟은 가시들이 전갈 떼처럼 달려들었다
푸른 몸통 속에 있다고 여겼던 선인장
혼이 사라졌다

몸통은 더 시들어 갔고
가시는 더 단단해졌다

몸을 지키는 일은 위대하다
이마에 박힌, 입술에 박힌, 목구멍에 박힌,
선인장의 가시를 뽑는다
실핏줄까지 농익은 독이 넘치고 있다
치명적이다
살아야겠다

이 모든 생을 또 다시

시월 어느 날 북악서림에서 샀던
이 모든 괴로움을 또다시*
내가 사랑했던 전혜린 언니는
살아있다면 여든일곱, 알고 보니 엄마뻘이다
오래된 책들 틈에 고물처럼 웅크린 혜린 언니는
짜라투스트라의 창문을 조금 열어놓고
릴케의 비가를 소리 내어 읽기도 하고
독일 난로에 석탄을 던져 넣기도 했다

전혜린 언니는
내 엄마와 동갑
금방 한 이야기를 또 하고 또 하는 엄마처럼
그때의 괴로움을 또다시 생각하고 또 생각할까

언니가 독일 뮌헨으로 유학을 떠난 날
경상북도 금릉군의 시골 처녀는
베를 짜거나 콩을 삶았고
언니가 레오폴드 거리의 리어카에서 독일어로 군밤을
살 때

신혼의 엄마는 아현동 시장에서 사투리로 고구마를 샀
으며
　새해 첫날 언니가 헤르만 헤세로부터 편지를 받던 날
　엄마는 울보 딸의 광목 기저귀를 갈아 주고 있었을까
　모른다 모르겠다
　혜린 언니가 구토가 나는 생이 진부하고 권태롭다고
썼을 때
　젊은 나는 그렇다고 나도 참을 수 없다고 일기장에 썼
었다

　엄마는 여든일곱
　혜린 언니와 친구지만
　니체도 릴케도 헤세도 알지 못하지만
　팔십 하고도 일곱 해의 인생을
　온몸으로 생생하게
　이 모든 생을 또다시
　다시 또다시

　* 전혜린의 일기집(秘藏日記) 『이 모든 괴로움을 또다시』

오동나무가 사라졌다는 시를 쓴 이후

아카시나무가 사라졌다
오동나무가 사라졌다는 시를 쓴 이후
출렁출렁 덩이째 꽃을 낳던 아카시나무가 사라졌다
퇴계가 사랑했던 매화도
독서당의 오동나무도
삼성래미안의 아카시나무도
암벽의 그늘 안으로 스러지는 시절

레미콘 쏟아붓는 소리 쇠망치 소리
오거리약국 허리 굽은 약사가 떠난 자리에
자전거 수리점
오색 헬멧과 바퀴들이 거꾸로 걸려 있던 자리에
요거트 전문 카페가 들어서는 논리

바이러스를 염려하는 동안
봄이 와도 아이들은 놀지 않았으며
화이자 모더나 아스트라제네카
낯선 이름을 그리워하거나 원망하거나

사라지는 게 진리다
지난 가을 인사동에서 차를 나누던 시인이 갔고
저녁마다 울던 길냥이도 떠났다
오늘의 바람이 어제의 바람이 아닌 것처럼
괜찮다고
문방구 자리에 분식집이 오고 분식집 자리에 다시 미
용실이 오는 것처럼
돌고 돌아 다시 채워지는 것이라고
마침내 그렇게

맙소사, 지나가는 중

맙소사
서빙고역 기찻길에 이끼가 올라왔네
몇 년을 몇십 년을 아니 몇백 년을 머물던
이끼는 꽃처럼 아름답네
기찻길을 달리는 열차 안에 입을 가린 여자들
코를 가린 남자들도 매미처럼 오종종 매달려 가네
맙소사
기차는 강물처럼 떠내려가네
입을 가린 버스와 코를 가린 택시가 한참을 기다리는데
맙소사
소식을 모르는 아이의 엄마가 오늘 밤 격리되었다네
눈을 가리고 귀를 가리고
강물에서 이름을 부르다가 그녀는
맙소사 맙소사
다시 코를 가리고
다시 입을 가리고
격리가 지나가네
코로나바이러스의 날들이 지나가네
이천이십일 년 십이월
살아서 지나가는 중이네

4부

늙은 거미의 노래

세종로였다 아니 테헤란로였던가 두무개였던가
와이파이 엘티이 파이브지의 그물망이 뿜어내는
거미줄의 수많은 곡선과 직선이
먹이를 포획하듯 코와 입술을 잡아당겼다
거미줄은 카푸치노처럼 부드러워
혀를 내밀어 입술에 매달린 곡선 몇 개를 핥으면
입천장에서 녹는 질감이 예사롭지 않았다
핏줄 속으로 들어와 기생하는 거미줄
내 안에 넘친 줄은 밖으로 퍼져나가
엉키고 설키며 세상을 정복하는 듯했지만
어떤 줄은 빛났고 어떤 줄은 스스로 제 몸을 끊어냈다
나만이 아니었다

밤이면 노트북 앞에서
찢어진 그물을 깁는 늙은 거미가 되었다
몰입하여 외롭지 않았다

구례구역

구례구역이 있는 구례구에서
다리를 건너 구례로 들어가는 일
다리를 넘어 구례로 나가는 일
나가든 들어가든 다시 나가든
온전히 맘먹기에 달렸다

구례의 커다란 입술 속으로
몸을 밀어 넣다가 마음을 제쳤다가 장난을 치면
수 세월 이웃처럼 곁을 지킨 섬진강이
구례를 본 적이 없다고
처음 듣는 이름인 것처럼 귀를 닫는다
무슨 소용이라고
은어 비늘의 풀 비린내를 쓸고 지나가든
뜨거운 모래에 살갗을 데든

산 산 산마다 흔하디흔한 산문들
길은 길대로 사람은 사람대로
섬진강 물고기처럼 떠나고 없는
먼 전라선 구례구역

목어 木魚

저녁나절 머리를 묶고 목어를 두들겼다
번개 같은 비명이 들리는데
머리칼 속에 내리꽂히는 예리한 침
머리뼈의 탄성에 구멍이 났다
참았던 오줌을 지리고 난 뒤
이마에 그어진 나이테가 무늬처럼 가벼워졌다
정강이 아래 가라앉았던 서러운 울음이
칼등에 묻은 물고기 비늘처럼 참혹하게
개운했다
오백 년 된 누각과 더 오래된 소나무 기둥이
그 바람과 그 햇빛을 구멍 속으로 찔러 넣었지만
몸은 지금 아직 여기 있어서
없는 스님과 없는 종루의 마루 위에서
비늘 벗긴 목어처럼
그만큼만 용감해졌다

사순절의 어떤 아침

농산물유통센터 지붕 위
까마귀 떼가 줄을 지어 모여들었다
금빛 면류관도 아니고 황금빛 사과 상자도 아니면서
지붕은 햇빛에 반짝거렸고
새들은 제복을 입은 수사들처럼 열을 지어
허기진 부리를 바람에 씻는 예식을 하고 있었다
한 끼니의 성스러운 식사를 참아낸 사순절의 아침
팽목항으로 가는 참회의 시간 동안
공손한 새들의 발가락들이
햇살을 타고 신기루처럼 허공을 날아오르기도 했다
겨우 한 끼를 거른 몸은 벌써 실성하기 시작했다

수백 수천 끼를 거르면서 기다리는 항구
아직 가야 할 길이 멀었다

꿈이다 용서하지 마라

— 세월호 앞에서

조국이 위태롭고 어지럽다
나를 전복시켜야 내가 사는 나라
심장의 방방마다 뜨거운 음모가 진행 중이다
오늘은 결혼기념일, 합당한 정보는 곧 도청될 것이므로
가까이 오지 마라 나는 위험한 국가
난청의 시력이 밖으로 향할 수도 있다

아이들이 죽었다
계단은 뒤집히고
우심방 좌심실이 뒤섞여
순리는 왜곡되었다
심장 속의 지극한 영토가 훼손되었다

뻘 속에 처박힌 조국이 위험하다
아무도 찾지 못할 것이다
심장의 뜨거운 땅을 갈아엎고
갇혀있는 목숨을 꺼내 올려야 하는 나라

다 용서되었다

나는 아이를 죽였다
열일곱 살 아이들의 팔십 년을 죽였고
그들이 낳았을 수천만 년의 세월을 죽였다
용서할 수 없다
용서하지 마라

길몽인가요

　꿈을 꾸었습니다 동거차 서거차 맹골 병풍의 낯선 이름표를 달고 있는 섬들이 줄지어 있었습니다 어디 언덕에서 긴 대나무 장대를 바다에 들이고 있었는데 이유를 알 수 없는 사무침이 끝 간 데 없었습니다 장대 끝에 묶인 줄은 풀고 또 풀어도 가야 할 데에 다다르지 않은 모양이었습니다 바람에 눕는 풀의 모가지를 비틀고 내게로 몸을 내어주는 나무의 껍질을 벗겨 노끈을 꼬았습니다 언덕은 민머리가 되어갔지만 장대는 물속에 정수리를 처박으며 더더 더더 하고 신음했습니다

　입고 있던 스웨터의 올을 풀었습니다 허리가 배꼽이 겨드랑이가 드러났고 드디어는 스웨터의 마지막 단이 비녀장을 지른 칼처럼 목에 걸려 셔츠와 팬티와 브래지어까지 송곳니로 발기발기 찢었습니다 여보 내 몸에는 구만구천구백구십구 가닥의 머리칼이 있어요 머리칼로 끈을 삼으려면 침을 발라야 해요 이제 굳어가는 혀와 아흔아홉의 머리칼이 남았어요 장대 끝은 자꾸 물속으로 더더더 들어가기만 하구요 여보

　맨살 껍질을 얇게 베어냈습니다 피가 밴 살점을 밧줄처럼 엮어 내려보냈습니다 물이 노을빛으로 물들었다가

다시 잿빛으로 되돌아갔습니다 더더 더더 대나무 장대
는 자꾸 신음했고 내 몸은 더더더 가벼워지고 있었습니
다 그래요 여보 내게는 아직 오장육부가 남아 있어요 닳
아빠진 애와 쓸개와 허파와 당신에게로 가는 길고 긴 미
로의 창자들이요

　흉몽이었습니다 얼마를 더 기다려야 하는지 알 수 없
습니다 신호는 분명 올 것이고 머리칼은 다시 자라겠지
만 어제의 이 꿈이 길몽이라고 당신은 말해줄래요?

나는 하느님이고 전쟁이고 슬픔이고

항아리의 국화꽃 다발이 나른해졌다
살아있는 것과 죽어가는 것들의 교묘한 혼재
무리의 허리춤을 거머쥐는 순간
어항 속 열대어는 초록 풀 뒤로 돌아가고
고양이의 수염 일곱 가닥이 찔레 가시처럼 굵어졌다
닳아빠진 심장은 볼품없이 쪼그라들어
죽은 꽃과 시든 잎사귀와 어린 꽃잎이 뒤엉킨 국화 앞
에서
아 나도 아프다 하느님처럼 아프다

내가 만든 꽃의 상처와
상처마다 새겨진 시간이라는 무늬와
물고기처럼 파닥거리는 잎사귀의 오늘을 조문한다

지금 나는 하느님이고 전쟁이고 슬픔이고
내일은 슬픔이 아니고 전쟁이 아니고 하느님이 아니고

별을 얻다

돌멩이 하나를 얻었다
산책하던 발에 걸려 번쩍하며 날아간 조그만 것
돌멩이는 고양이처럼 쪽잠을 자고
밤이 되면 책상 귀퉁이에서 자꾸 꿈틀거렸다

분명 무슨 말을 하고 있었는데 들리지 않았다
가슴에 손을 얹으면 어디로 아득히 흘러가는 소리
오랜만에 애인을 만난 것처럼 먹먹했다
창문을 닫아걸고
돌멩이를 배꼽 자리에 꾹 찔러 넣었다

어둑하게 비어 있던 배꼽 근처가 환해졌다
깨진 활자를 맞춰 녹슨 책을 읽거나
서랍에 감춰놓은 나무관의 거친 살결을
은근히 들여다볼 수 있게 되었다

원래 그 자리에 있었던 것처럼
안성맞춤인 별
시리던 배꼽이 한결 풍만해졌다

나의 늙은 고양이

다음 생은 아이슬란드 건너 그린란드 건너 더 헤븐
아니 그냥 섬 아일랜드
아주 작지도 아주 시골이 아니더라도
화산재가 날리는 절벽이 보이는 창가
아니 아니라도
두서넛 팔꿈치를 올려놓을 탁자와 궁둥이에 알맞은 나
무 의자
낯선 이의 흔들리는 관절이 심장 소리처럼 설레는 창
턱 위에
너는 햇살에 목욕을 하고 있겠지
그럴지도
코를 골며 잠꼬대를 하는 고양이는 열세 살
꿍꿍거리는 등허리를 손등으로 토닥이면서
내 입술에 자라나는 긴 수염을 굽은 손톱으로 빗질하
면서
우리는 서로를 위로할 거야
지나가고 다시 오지 않을 사람 아예 말고
함께 나이 들지 않을 목숨 진즉 보낸 빈방
허물어진 허벅지를 내어주는 유리창 건너

몇 생을 건너서라도 찾아와 줄
나의 고양이여 제발

중학동 18번지

여명을 기다렸지만
어둠이 사그라지는지 다시 젖어오는지 구분할 수가 없다
여기가 아침인지 저녁인지 말한다고 무엇이 달라지는가
태양은 처음처럼 불타고 달은 마지막처럼 빛나고 있으니
교묘하게 섞인 시간이 기억하는 건 생채기다

소녀는 중학동 18번지에 산다
관절염으로 뒤틀린 골반과 구부러진 허리뼈가
환하게 드러나는 해 뜰 녘
옆구리에 낀 고운 그림책
종이는 그을리고 활자는 뒤틀려
바람에 날아간 깨진 활자들이 거리에 지천이다
출처와 주석은 아무것도 아니다
늙고 싶은 소녀는 더 늙어지지도 않고
살고 싶은 소녀는 더 살아지지도 않고
죽고 싶은 소녀는 더 죽어지지도 않는
수상한 여자의 생애가 소녀상을 지나쳐간다
아침이면 뜨는 해 저녁이면 지는 해
중학동 18번지의 바람이

눈을 부릅뜬 순한 얼굴로
여자의 생채기 위에 가만히 올라앉는

바퀴가 구르는 동안

버스 유리문에 바투 서서 바퀴를 읽는다
한 개의 바큇살이 돌아서
다시 한 개의 바큇살 자리로 돌아올 때까지
오른쪽 눈으로 오른쪽 뺨의 광대뼈가 보일 만큼
왼쪽 눈빛이 어깨의 능선에서 달로 뜰 만큼의 각도로
저 바퀴 중 하나가 다른 바퀴를 올라타지 않게
나를 뒤따르던 시간이 나를 지나치지 않게
멀리 달아나지 않게

서울숲길을 걷는
살구 꽃잎 다섯 장이 차례대로 바람에 날아가는 동안
공중을 날던 직박구리 날다가 잠깐 조는 동안
걷고 또 걷고 잠들지 않는다
바큇살 한 개가 굴러가 다시 제자리로 돌아올 때까지
지금 할 일은
지나가는 것을 놓치지 않는 일
다시는 물러서지 않는 일이다

애월, 칠월

제주 애월에 바다는 없습니다
이름을 부르는 순간
발 디딘 곳마다 물처럼 떠나가고
애월에서는 소금이 별처럼 박혀
온몸이 보석처럼 빛났습니다

담장 아래로 바다가 와 닿는 간절한 집
검은 구멍 안으로 칠월의 비가 듣는
작은 툇마루에 누워 비를 만났습니다
시나브로 내 몸에 뜬 별들이 차례대로 젖더니
흙마당에 그림처럼 내려앉았습니다

애월은 아주 먼 극지에 있습니다
아무도 거기에 가본 적이 없지만
나의 머리칼은 현무암처럼 검고 부드럽습니다

애월에 오기까지
너무 많은 칠월을 지나 보냈습니다

머나먼 나무

그가 먹은 것은
일억 사천팔백만 킬로를 달려온 햇빛
전라남도 보성군 비봉리 바닷가
팔천오백만 년 전 공룡의 알둥지를 헹구고 온 바람
오천 년을 떠돌다 지금 막 당도한 어느 항성의 별빛
거기에 등을 기대던 외로운 시인의 체온
어젯밤에 나무뿌리를 적신 아기의 오줌발

나고 지고 나고 지고
잎사귀 안에 돌돌 말린 잠든 짐승의 체온
나무는 제 안의 녹색 알갱이를 뱉어놓는다
벌레의 배꼽에서 흘러나온 별빛의 난전

항성에서 온 별빛은 오천 년을 되돌아가
짐승에게 귀를 뜯긴 늙은 시인을 위로하고
잎사귀였던 오줌 기저귀를 깃발 아래 묻을 것이며
깃발은 나뭇가지처럼 팔랑일 것이며
머나먼 그 사람들은
별빛만 젖어도 바람만 묻어도 잘 크는 깃발에게

입술을 오므리며
나 펄는무고을것같차타
무 럭깃은야이부이파로
야 이발나라름다를물토

누상동 분꽃

비 개인 인왕산에서
덜 마른 물감 냄새가 났다
구름은 녹아서 산 아래로 흐르고
누상동 누구네 분꽃 화분
꽃들이 뱉어놓은 씨앗이 알맞게 익어
까만 씨 한 줌을 은근히 훑었다
이를테면 도적질, 사유물손궤일 터였지만

봄날에 다시 누상동으로 갔을 때
주머니 속 바짝 마른 씨앗이 손에 닿았다
곳곳 분주한 누상동
내 꽃 말고도 그렇게 찾아온 씨앗으로
이미 아득한 곳에 있었다

다시 혼자가 되었다

우리의 거리

거리가 필요하다 너희들 사이
네 줄기는 여위었고 가지는 비육했다고
흐트러진 다육식물의 족보를 솎는 아침
진액이 흐르는 푸른 엉덩이와 두툼한 허벅지를
너의 바이러스를
종량제봉투 속에 집어 던졌다

잘려나간 잎사귀여 가지여
우리의 사랑이 무모했던가
세상의 모든 목숨이 통제되는 바이러스의 시대
쉿! 푸드덕거리지 마라
끝내 심장만 남은 질긴 근육 속에 너의 가시를 숨기라

퇴화된 가시와 여윈 이파리를 다독거리며
초록빛 식물이여
비닐봉투 안에서 자손을 키워내고 있었구나
숨바꼭질하던 무모한 사랑 다시 시작되겠네
지키지 못한 그리움의 사회적 거리
그 아득한 시절을
용서하라

성수대교 2020

성수대교 아래 사람들이 있다
어른들은 동강 난 그날의 다리를 기억하고
다리는 떠나간 물을 생각하고
아이들은 강물을 거스르는 물고기를 기다린다
누가 말한다
아 저기 헤엄쳐 건넜던 섬이 있었지
허공에서 누가
매화나무 아래 물 마시던 그곳 아닌가
멀리 간 시간이
물구덩 속에 있구나

오늘은 검은 물새의 먹거리 사냥을 구경하고
능수버들이 뱉은 침방울에 정수리가 젖었을 뿐
동강 난 성수대교면 뭐
물 빠진 갯벌이면 뭐 뭐
매화 우물이면 뭐 뭐 뭐
지금은 늦은 봄

꽃은 알아서 피고지고

나도 뭐 나도 뭐
철철이 허물을 벗어 새 허물로 옮겨 갔고
갈아 신은 신발은 찢어지고 또 구멍 났지만
그냥 저녁의 한때
한강에 오는 만조의 물빛 어스름

자가 격리 중

현관문에 누가 출입금지라고 붙여놨네
나가시면 안 됩니다 격리 중이에요 라고 썼어
누가 이런 걸 써 붙였지?

엄마 다니는 주간보호센터에서 코로나 환자가 나왔대요
그래서 열흘 간 격리된 거구요 이제 삼일 남았어요
절대 산책 나가시면 안 돼요

주간센터가 어딘데?
맨날 집에만 있는데 내가 어딜 다닌다는 거냐
된장찌개를 끓이려고 했더니 감자가 없어
슈퍼가 바로 앞인데 가면 안 될까
잠깐 다녀오는데 누가 알겠어

막내딸이 반찬 가지고 간다니까 조금만 기다리세요
감자도 가져다 드리라고 할게요
아침 고혈압 약은 드셨어요?

여보 나 고혈압 약 먹었어요?

응 먹었단다 네 아버지도 먹었겠지
저 양반은 기억력이 맑아서 다행이야
난 치매가 왔나봐 가만히 있어도 꿈꾸고 있는 것 같구

엄마 연세엔 다 그렇대요
자꾸 이상한 생각하지 마시고
그냥 편안하게 지내시면 되요
보호센터에 다니시면 좋아진다고 하네요

보호센터? 어디를 다니라고?
맨날 아파트 한 바퀴 도는 걸 말고는 나갈 일이 없는데
센터를 가라니 무슨 소린지 모르겠다
하여튼 고맙다 보내준 반찬하고 점심 먹으면 되겠네
부모 땜에 모두 고생한다
코로나 조심하구

엄마 삼일만 참으세요
바깥엔 나가시면 절대 안 됩니다

코로나 코호트 코로나

코호트가 되었다
아버지가 수술실에서 중환자실을 거치는 동안
입원해 있던 병동이 통째로 코호트가 되었다
낯설고 괴이한 코호트라는 단어는
무슨 영화인가 등장했던 수용소 이름 같은데
무서운 그곳으로 돌아가야 한다고
비닐 옷을 걸친 간호사는 아무렇지도 않게 말했다
병동에 남은 1호실 두 사람과 7호실 한 사람
보호자와 간병인은 동지가 되었다

밤마다 악몽을 꾸는 아버지
여기가 수용소요? 하신다
여기는 병원이에요 저는 큰딸이구요
그러고 보니 수용소 같이 적막한 병실
갓 스물의 어린 군인이었던 아버지는
전쟁에서 무슨 일을 겪었던 걸까

심양에서 온 조선족 아주머니가
중국산 목이버섯 한 봉지를 선물했다

타들어가는 속처럼 새까맣게 말라있는 버섯을
다음 설에는 잡채에 넣어볼까
생각할 때
여기서 뭐하고 있는 거냐고 호통을 친다

섬망이 왔다
수용소를 빠져나가야지 이러고 있으면 어쩌냐고
링거를 매단 팔뚝을 스무 살 젊은이처럼 휘휘 저으신다
어쩌다 아버지는 평생의 기억 중에
칠십 년 전 전쟁을 떠올리는지
엉킨 그믈처럼 흐트러진 시간

제 손을 꼭 잡으세요
아버지, 얼른

느티와 조우하다

버스 정류장 느티나무
발목마다 은빛 쇳조각을 매달고
잘 가요 잘 가 흰 손목을 잔달게 흔들었다

내가 환락에 물들지 않은 이유가
세례의 십자가 때문이라고 믿었던 적이 있었지만
삶은 적요와 안온과 소소한 찬란뿐이었으니
시간은 늘 바쁘게 지나갔다

이미 나이가 들었다

박쥐처럼 매달려 시를 쓰다가
빈한한 새벽을 맞는 이유를 이제 알았다
발목에 박힌 못과 은빛 이름표를 집어 던지마
푸른 치맛단을 휘날리며 날아오르는 나무 잎사귀
천사처럼 날아와 이마의 성유를 닦아다오
뿌리처럼 질긴 봉인을 뽑아다오

이제 무엇을 할 것인가
느티와 나만 남았다

주름과 상징

이 재 복(문학평론가 · 한양대 교수)

1. 사물의 시간

임희숙의 시는 사물에 대한 독특한 관점과 해석으로 가득하다. 시인에게 사물은 시적 상상의 토대를 제공하지만 그것을 드러내는 방식에 있어서는 일정한 차이를 보인다. 시인의 사물에 대한 이러한 차이가 미감美感을 발생하게 하고, 그것이 그 시의 정체성을 결정한다고 할 수 있다. 시인은 어떤 사물을 관념이나 이념 차원에서 드러내기도 하고 또 그것을 배제한 채 사물의 속성을 있는 그대로 드러내기도 한다. 시인과 사물 사이의 관계에서 전자를 강조하면 그것은 관념시가 되고 후자를 강조하면 그것은 사물시가 된다. 이 둘 중에서 좀 더 미학적인 시는 후자라고 할 수 있다. 하지만 언어 자체가 인간에 의해 고안되고 소통을 목적으로 한다는 점에서 순수한 사물시란 존재하지 않는다고 할 수 있다. 이런 점에서 시인과 사물과의 관계에서 중요한 것은 어떤 사물이 은폐하고 있는 존재성을 얼마나 온전하게 혹은 새롭게 들추어내느냐 하는 데에 있다고 볼 수 있다.

시인과 사물과의 관계에서 은폐된 사물의 탈은폐 Revealing의 문제는 시인의 화두로 자리 잡게 되고, 이 과정에서 시인은 운명적으로 시간과 만나게 된다. 하나의 사물이 존재성을 지니기 위해서는 그것이 시간의 지평 위에서 해석되어야하기 때문이다. 하이데거의 '존재와 시간Sein und Zeit'이 의미하는 것이 바로 그것이다. 하나의 사물이 존재한다는 것은 곧 시간 속에서 그 존재가 발생한다는 것을 의미한다. 우리는 이것을 '존재론적 사건'이라고 부른다. 따라서 하나의 사물이 존재하는 것은 그 자체로 하나의 사건(생명적 사태)이 되는 것이다. 이 사건이 전제되지 않는 사물은 존재할 수 없다. 사건과 사건의 연속이 곧 사물의 존재이고, 이것을 우리의 인식 차원으로 끌어들여 구체화한 단어가 바로 시간인 것이다. 이런 점에서 보면 시간이 전제되지 않으면 사물은 그 존재 혹은 존재성을 드러낼 수 없는 것이다.

시간이 단순한 직선적인 흐름을 의미하는 것이 아니라 하나의 사건의 차원으로 해석됨으로써 사물은 더 넓고 깊은 존재 지평을 드러내게 된다. 사물은 각자 각자가 저마다 스스로 그러한 사건의 발생을 통해 존재하는 것이고, 그 사건의 전체 혹은 전제로서의 사건이 사물의 존재성이 되는 것이다. 사건의 전체가 사물의 존재성을

드러낸다는 차원에서 보면 그것은 어느 한 존재God에 의
해 창조되거나 이미 틀 지워진 그런 존재가 아니라는 것
을 말해준다. 하나의 사물이 존재한다는 것은 스스로의
원인에 의해 그러하게 된다는 것이고 또 그것은 그러한
존재들과의 관계 속에서 그 존재성을 드러내게 된다는
것을 의미한다. 가령 「수박씨의 시간」에서 시인은

　　씨앗이 흩어진 풀꽃무늬 쟁반 위로
　　여름비가 내리고
　　우물처럼 깊어진 집
　　벌레가 두고 간 껍질과 짐승의 터럭을 안고
　　꽃은 제 시절에 늙어갔다
　　우물이 마르고 눈이 내리고
　　어긋난 무릎의 각질이 나이테로 쌓이는 동안
　　다시 풀이 자라고 꽃이 피고
　　수박씨의 수액이 붉은 홍수처럼 흘러내리도록
　　빙하기는 오지 않았다

　　질긴 방패를 뚫고 흘러나오는
　　수박씨가 우물을 삼킨 시간
　　온갖 풀꽃들과 짐승들을 키워낸 씨앗

　　누구나 한 생은 그렇게 시작된다
　　　　　　　　　　　　　　－「수박씨의 시간」 전문

라고 고백하고 있다. 시인이 노래하고 있는 대상은 "수박씨"이다. 그런데 시인은 그것을 "수박씨"라고 하지 않고 "수박씨의 시간"이라고 명명하고 있다. 하이데거적인 관점에서 보면 "수박씨"라는 존재는 이미 그 안에 시간이라는 지평을 지니고 있는 것이다. 따라서 "수박씨의 시간"은 "수박씨"를 존재론적인 차원에서 풀어 쓴 것에 지나지 않는다. 하지만 이렇게 풀어 씀으로써 "수박씨"를 고정된 실체로 인식하게 하는 것이 아니라 그것을 끊임없이 움직이고 변화하는 생성의 과정으로 인식하게 한다.

시 속의 "수박씨의 시간"에는 커다란 두 사건이 동시에 존재한다. 여기에서의 두 사건이란 생生과 사死 혹은 펼침伸과 돌아감歸을 말한다. 일반적인 시간 개념에서는 생 다음에 사가 오고 펼침 다음에 돌아감이 온다. 하지만 "수박씨의 시간"에서는 그 둘이 동시에 발생한다. 이것의 보다 선명한 예를 우리는 나무에게서 발견할 수 있다. 나무를 보면 아래 부분은 검고 딱딱하다. 이에 비해 위 부분은 밝고 부드럽다. 나무 밑동의 검고 딱딱한 껍질은 죽음과 돌아감을, 위의 밝고 부드러운 잎들은 삶과 펼침을 표상한다. 이렇게 두 사건이 나무에서 동시에 일어나고 있고 그것이 바로 나무의 존재성을 드러내는 것이다. 삶과 죽음이 끊임없이 교차하고 재교차하면서 '지금, 여기'의 존재성을 드러내고 있기 때문에 생과 분리된 죽음의 세계가 어디 따로 존재하는 것이 아니라고 할 수 있다.

"수박씨의 시간" 속에는 '흩어짐' '내림' '깊어짐' '두고 감' '안음' '늙어감' '마름' '내림' '쌓임' '자람' '핌' '흘러내림' '뚫고 흘러나옴' '삼킴' '키워 냄' 등이 동시에 존재한다. 시간이 일직선적으로, 규칙적이면서 질서정연하게, 투명함을 유지하면서 흘러간다고 보는 것은 우리의 인식이 만들어낸 환상일 뿐이다. "수박씨의 시간"이 잘 보여주고 있는 것처럼 그것은 비선형적이고 불규칙하게, 동시적으로 작동하고 있는 불투명하고 가물한ᇂ 존재라고 할 수 있다. 우리는 하나의 사물 혹은 존재를 투명하게 그 실체를 해명할 수 없다. "수박씨의 시간"에서처럼 그것은 그 존재의 심층을 헤아릴 수 없는 "우물을 삼킨 시간"으로 드러날 뿐이다. 이렇게 "수박씨의 시간"에서처럼 하나의 사물을 동시적인 사건이나 가물한 존재로 인식한다는 것은 곧 그 사물의 지평을 더 확장하고 심화한다는 것으로 이해할 수 있다. 사물에 대한 시인의 이러한 인식은 그녀의 시를 관통하는 중요한 원리로 볼 수 있다. 이런 점에서 "누구나 한 생은 그렇게 시작된다"는 고백은 의미심장한 데가 있다. 이것은, 시인이 모든 사물을 대하는 관점이면서 동시에 태도라고 할 수 있다. "수박씨의 시간"에 잘 드러나 있듯이 모든 사물의 "한 생"은 가물하고 모호한 깊이와 관계의 동시성과 자기원인을 은폐한, 끊임없는 생성의 과정 속에 놓인 그런 존재론적인 사건인 것이다.

2. 주름과 상처

하나의 사물은 끊임없는 존재론적 사건의 산물이라고
할 수 있다. 이때 여기에서 말하는 사건은 단순한 반복
이 아니라 일정한 차이를 통한 반복을 의미한다. 사물에
켜켜이 쌓여 있는 이 사건의 차이가 바로 '주름'이다. 이
주름을 펼치면 사물의 세계가 드러나고, 그것을 접으면
그 세계를 가능하게 하는 잠재적인 힘으로서의 신이 드
러난다. 이것은 사물의 주름이 어떤 외부적인 것에 의해
생성되는 것이 아니라 그 자체 내의 힘에 의해 스스로
생성되는 것이라는 사실을 말해준다. 따라서 사물의 주
름은 내재적인 양상을 드러내기 때문에 은폐된 상태로
존재하게 된다. 은폐된 주름은 쉽게 그 존재성을 드러내
지 않는다. 우리가 사물에 내재한 은폐된 세계(주름)를
발견하는 것이 어려운 이유가 바로 여기에 있다.

가령 "어긋난 무릎의 각질이 나이테로 쌓이는 동안"
(『수박씨의 시간』)에서 "나이테"는 사물의 주름이다. 여기
에서의 "나이테"는 눈에 보이는 형상으로 규정할 수 없
는, 수많은 사건들이 겹쳐지고 교차와 재교차로 이루어
진 눈에 보이지 않는 은폐된 세계를 말한다. 시인의 "무
릎"에 새겨진 "나이테"는 시인의 몸이 세계와 만나면서
만들어낸 흔적에 다름 아니다. 이런 점에서 그것은 단순
한 선線의 형상으로 추상화할 수 없는 존재의 생생함을
드러내는 하나의 사물이라고 할 수 있다. 우리는 몸의

흔적인 나이테에서 이것을 발견해야 한다. 만일 우리가 이것을 발견하려고 하지 않는 채 그것의 추상적인 형상만을 이야기한다면 그것은 사물의 심층에 들어갈 수 있는 길을 차단하는 일이 되고 말 것이다.

주름 혹은 "나이테"가 은폐하고 있는 이러한 존재의 생생함은 그것이 다양한 사건의 겹침이 만들어낸 흔적이라는 점에서 우리의 인식의 지평뿐만 아니라 미적 지평을 넓혀준다고 할 수 있다. 그녀의 시에서 가장 생생하게 사건의 겹침과 미적 지평을 드러내고 있는 사물 중의 하나가 '꽃'이다. 이 꽃은 시에서 주름의 존재성을 지닌다. 시에서 이 꽃은 단순 반복의 형태로 존재하는 것이 아니라 하나의 사건 혹은 차이의 형태로 존재한다. 하나의 사건이 차이를 생성하고 그것이 끊임없이 반복되는 구조가 꽃이라는 사물을 통해 드러나는 것이다. 꽃이 하나의 사건으로 드러날 때마다 나이테 혹은 주름이 생겨나고, 그것이 켜켜이 쌓이면 그 사물의 독창적인 형상이 만들어지게 된다. 각각의 사물의 나이테 혹은 주름은 어느 경우에도 동일할 수 없다. 그것은 언제나 차이와 그 고유의 정체성을 드러낸다.

시에서 꽃은 다양한 차이를 드러내면서 존재하는데, 이 차이가 만들어내는 꽃의 세계는 그 자체로 신묘함을 지닌 주름을 이룬다. 가령

세상의 형식들은 불이 되었다가 물이 되었다가 공기가

되었다가
　후 불어내면 붉은 동백이, 혹 삼키면 노란 수선화가 되는
　화로가 만드는 내용
　그래서 꽃이 딛고 선 화로는 본디고
　꽃은
　신성한 생의 끝, 말미에 있다
－「뜨거운 꽃」부분

에서의 "꽃"과

　꽃을 잉태하기까지
　푸른 소금물이 담벼락 아래 다다르기까지
　태양을 떠나온 햇빛이 엽록소를 만들어내기까지
　과즙처럼 익어가는 시간과 시간의 틈새
　배냇짓 하던 입술은 늙은 주름을 매달고

　한 쪽 볼만 붉은 한 꽃잎
　저 혼자 자지러진다
－「무화과를 만나다」부분

에서의 "꽃"은 차이를 통한 반복의 형태로 드러난다. 「뜨거운 꽃」에서의 "꽃"은 "화로"를 통한 외적 팽창으로서의 꽃이다. "화로"가 표상하는 불 이미지는 안에서 밖으로 혹은 아래에서 위로 향하는 운동성을 지닌다. 이런 맥락에서 볼 때 「뜨거운 꽃」에서의 "꽃"은 그 운동성의 정점

("생의 끝, 말미")을 표현한 것이라고 할 수 있다. 이에 비해 「무화과를 만나다」에서의 "꽃"은 "혼자"라는 의미 구조를 통한 내적 응축으로서의 꽃이다. "혼자"가 표상하는 이미지는 밖에서 안으로 혹은 위에서 아래로 향하는 운동성을 지닌다. 이런 맥락에서 볼 때 「무화과를 만나다」에서의 "꽃"은 "혼자 자지러짐"이라는 운동성의 정점을 표현한 것이라고 할 수 있다.

　이처럼 팽창과 응축이라는 두 시가 드러내는 "꽃"에 대한 차이는 서로 충돌하고 겹치면서 시적 긴장을 유발한다. 마치 한 번은 음陰이 되고 한 번은 양陽이 되는 음양의 원리처럼 그 꽃들은 변화와 생성의 구도 하에 놓이게 된다. 외적 팽창의 단순한 반복도 아니고 또 내적 응축으로서의 단순한 반복도 아닌 외적 팽창이면서 동시에 내적 응축인 그런 구도를 이루면서 다양한 의미를 발생시키는 것이다. "꽃"의 의미가 어느 한 지점에 고정되어 버리는 것이 아니라 어떤 누빔점point of caption도 없이 끊임없이 미끄러져 내리는 구조 하에 놓이게 되는 것이다. 서로 상반되는 것들의 운동에 의해 주름 혹은 나이테가 생겨나고, 이 각각의 주름은 차이를 통한 반복의 구조를 지니고 있기 때문에 낡은 의미가 아닌 새로운 의미를 드러내게 되는 것이다.

　"꽃"이 은폐하고 있는 차이의 구조는 그 꽃의 현존과 부재라는 방식을 통해 드러나기도 한다. 「봄날 가지치기」에서 시인은

얕은 정원을 가진 아파트에
꽃이 없는 4월은 처음이었다
봄이 다 가도록
내내 아픈 나무와 함께 울어주는 건
얼룩이 흰뺨이 보슬이의 이름을 가진
길고양이들
살구나무의 아랫도리에 뺨을 부비거나
목련의 허벅지에 귀를 대고
나무의 이야기를 들어주는 동안
팬데믹의 봄날이 지나가고 있었다
아주 잠깐 그렇게

                                     － 「봄날 가지치기」 부분

라고 고백하고 있다. 하지만 「에티오피아 매화나무」에서
는

커피를 담은 찻잔은 그녀의 젖통이처럼 출렁거리며
죽은 나무를 두드려 깨운다
여자의 충혈 된 흰자위가 흘리는 꽃향기
탁자를 헐어 늙은 매화나무를 일으켜 세우면
커피 위를 떠다니던 런닝셔츠가
굵게 비틀린 나무 끝에 매달려 핀다

그 여자의 검은 망막과 흰자위

에디오피아 검푸른 강물 위

맑은 매화 한 송이

—「에티오피아 매화나무」부분

라고 고백하고 있다. 「봄날 가지치기」에서는 꽃의 부재
를, 「에티오피아 매화나무」에서는 꽃의 현존을 각각 노
래하고 있는 것이다. 시인이 이 두 시에서 그리고 있는
꽃의 부재와 현존은 꽃이 은폐하고 있는 두 모습이라고
할 수 있다. 꽃은 시인이 처해 있는 상황에 따라 어떤 경
우에는 부재(음)한 모습으로 드러나기도 하고 또 어떤 경
우에는 현존(양)의 형태로 드러나기도 하는 것이다. 시인
이 "꽃이 없는 4월은 처음이었다"라고 한 것과 "팬데믹
의 봄날이 지나가고 있었다" 사이의 관계를 통해 우리는
꽃의 부재가 "팬데믹"이라는 환란患亂과 연관되어 있다는
것을 알 수 있고, 또 시인이 "커피를 담은 찻잔은 그녀의
젖퉁이처럼 출렁거리며"라고 한 것과 "굵게 비틀린 나무
끝에 매달려 핀다" 사이의 관계를 통해 우리는 꽃의 현
존이 시인의 삶의 충동(에로틱한 감정)과 연관되어 있다
는 것을 알 수 있다.

　꽃의 현존과 부재는 분리되어 존재하는 것이 아니다.
그것은 꽃의 양면과 같은 것이다. 꽃은 현존하면서 부재
하기 때문에 차이를 발생시킨다. 현존만 반복된다거나
아니면 부재만 반복된다면 이 차이는 발생할 수 없을 것
이다. 이런 점에서 현존과 부재는 꽃을 변화시키고 움직

119

이게 하는 원리이자 힘이라고 할 수 있다. 꽃은 현존하면서 부재하고 부재하면서 현존하는 운동성을 지니며, 이러한 구도는 꽃이 외적 팽창이면서 동시에 내적 응축의 형태로 존재한다는 구도와 대응을 이룬다고 할 수 있다. 꽃의 현존과 부재, 외적 팽창과 내적 응축은 꽃의 존재 형태인 주름의 모습이라고도 할 수 있다. 이 주름은 시에서 꽃을 통해서만 드러나는 것이 아니라 '집' '돌' '물' '문' '새' '길' '그릇' '나무' '산' '별' '고양이' 등 다양한 질료를 통해 드러나기도 한다. 이 질료들은 현존과 부재, 외적 팽창과 내적 응축은 물론 상승과 하강, 생성과 소멸, 채움과 비움, 시작과 끝, 밝음과 어둠 등과 같은 형태를 드러내면서 주름의 존재성과 존재로서의 밀도를 더해준다고 할 수 있다.

이처럼 주름은 그 안에 존재의 밀도를 은폐하고 있다. 그렇다면 주름이 많은, 다시 말하면 존재의 밀도가 높다는 것은 무엇을 뜻하는 것일까? 주름이 단순한 형상이 아니라 치열한 사건의 산물이라면 그것은 일종의 핏빛 실존의 흔적이라고 할 수 있을 것이다. 이것은 서로 상반되는 것들의 충돌과 겹침을 통해 주름이 생성되는 과정이란 필연적으로 '상처'를 동반할 수밖에 없다는 것을 말해준다. 따라서 주름의 생성 과정에서는 상처가 깊으면 깊을수록 그것의 존재성과 밀도는 높을 수밖에 없다. 이런 점에서 주름은 곧 상처라고 할 수 있다. 주름이 접히고 펼쳐질 때마다 그만큼 상처는 깊어지는 것이다. 주름이 곧 상처이고, 존재가 곧 상처라면 시인은 사물이나 사건을 통해 그것을 끊임없이 덧나게 하고 이 과정에서 새롭게 존재의 지평을 발견해 내야 한다. 시인이 꽃을 통해 잘 보여주고 있듯이 사물은 그 안에 다양한 세계를 은폐하고 있다. 사물이 은폐하고 있는 이 세계를 발견하기 위해서는 사물에 대한 의식의 직접성이 요구된다. 낡고 개념화된 혹은 도구화된 의식으로는 발견할 수 없는 사물의 은폐된 세계는 시인의 사유에 의해서 가공되지 않은 직접적인 의식을 통해서만이 탈은폐될 수 있다. 시속의 꽃이나 새와 같은 사물들은 이러한 시인의 직접적인 의식의 무리에서 내재적으로 솟아오르는 의미를 통해서만이 그 존재성은 온전히 구현될 수 있다.

3. 상징의 운명

시인의 의식이 사물의 시간 내에 있어야 한다는 것은 무슨 의미일까? 사물의 시간은 외부에서 주어지는 것이 아니라 내부에서 생성되는 것이다. 이것은 사물의 시간이 외부의 초월적인 무엇에 의해 규정되어 있는 것이 아니라 그 안에서 자기원인에 의해 생성된다는 것을 말한다. 따라서 사물의 시간은 외부의 낡고 인습적인 상징체계나 구조에 의해 탄생할 수 없다. 그것은 시인의 직접적인 의식이 사물과 만나 탄생하는 낯설고 창조적인 세계이다. 사물의 시간은 시간의 흐름에 따라 자연스럽게 주어지는 세계가 아니라 매순간 사건을 통해 생성되는 그런 차이와 반복으로서의 주름의 세계인 것이다.

차이와 반복으로 이루어진 주름은 상징성을 띠게 된다. 그런데 이 상징은 낡고 인습적인 것과는 차원을 달리하는 시적인 상징성을 드러낸다. 이 시적인 상징성은 사물의 상태나 움직임을 암시적으로 제시한다. 시적 암시는 사물의 개념화를 거부하는 것이기 때문에 보다 포괄적이고 유연한 차원에서 사물의 세계를 드러낼 수 있다. 만일 시에서 상징이 이러한 차원 밖에 놓이게 되면 그것은 죽은 상징이 된다. 시적 상징은 차이의 반복이라는 구조를 지니고 있어야 한다. 단순히 시간의 경과에 의해 만들어지는 주름이 아니라 늘 창조적인 진화의 과정으로서의 주름으로 존재하는 것이 진정한 차원에서의 시적 상징인 것이다. 주름, 다시 말하면 겹겹의 시간이 차이의 반복을 통해 이루어진 것이기 때문에 그것은 보다 낯설고 풍부한 잠재성을 은폐한 상징으로 존재하게 되는 것이다.

시적 상징이 은폐하고 있는 낯섦과 풍부한 잠재성은 개념화와 도구화를 통해서는 성립될 수 없는 것이라는 점에서 그것은 언어 이전 혹은 정신 이전의 산물에 가깝다고 볼 수 있다. 언어 이전 혹은 정신 이전까지만 시인의 의식이 사물에 이르게 된다면 그 사물은 몸을 통해서만이 온전히 그 존재성을 드러낼 수 있다는 것을 의미한다. 몸은 직접적으로 사물과 만날 수 있다. 이런 점에서 상징은 몸의 언어라고 할 수 있다. 몸은 개념화되기 이전 감각의 덩어리로 존재하기 때문에 그것이 감각하는 모든 것은 동일한 반복이 아닌 차이의 산물일 수밖에 없다.

> 나는 당신의 슬픔을 염려하지만
> 당신은 아는가
> 이름만 들어도 심장의 판막이 우수수 흔들려
> 붉은 세포들이 꽃잎처럼 떨어지는 경련을
> 마음이 알아채기 전에 반응하는 기미
> 당신이여 나는 당신이라는 몸이다
> 당신이 평생토록 기댄 마음보다 더 빨리 당신을 기억하는
> 당신이라는 이름이다
> 당신보다 먼저 아프고 당신보다 먼저 슬퍼지는
>
> 몸은 늙고 여위었다 원망하지 말라
> 세상을 떠날 때 마음까지 간다는 것을 모르는
> 참 눈 먼 당신
>
> —「몸이 말했다」 부분

시적 감각의 토대가 "몸"에 있음을 강하게 제시하고 있다. 시인은 "나는 당신이라는 몸"이라고 말한다. "당신"과 "몸"이 등가로 놓이면서 시인은 그 "몸"으로 "당신"을 느끼고 기억하고 판단한다. "몸"으로 "당신"을 만

나는 것은 "마음"으로 만나는 것보다 "먼저"이고 또 "빠르"다. 이것은 "몸"이 "마음"에 종속된 존재가 아니라 "마음"이 "몸"에 종속된 존재라는 것을 의미한다. 사물이 몸을 통해 하나의 상징으로 제시되는 이 구도는 은폐된 사물성을 드러내는 가장 온전하고 이상적인 방식이라고 할 수 있다. 상징이 사물의 상태나 움직임을 암시적으로 제시한다는 사실을 상기한다면 사물이 몸을 통해 하나의 상징으로 제시된다는 이 구도는 지극히 자연스럽고 필연적인 것으로 볼 수 있다. 또한 이 구도는 사물의 시간이 만들어낸 주름이 몸의 주름에 다름 아니라는 사실을 말해준다고 할 수 있다.

사물의 시간에 몸이 개입함으로써 주름은 보다 구체성을 띠게 된다. 사물이든 인간이든 몸을 전제하지 않는 존재란 있을 수 없다. 「몸이 말했다」는 그런 점에서 시사하는 바가 크다. "몸이 말했다" 혹은 '몸으로 말한다'가 시인의 시쓰기로 이어져야 하는 이유가 바로 여기에 있다. 몸에 대한 자각이나 발견이 있어야 사물의 시간이나 인간의 시간이 만들어내는 주름이 보다 구체적이고 깊이 있는 존재가 될 수 있다. 사물의 시간에 사물이 온전히 드러나지 않는다거나 사람의 시간에 사람이 온전히 드러나지 않는다면 그것은 분명 몸의 부재와 관계가 있다고 볼 수 있을 것이다. 가령 「성수대교 2002」에서 시인이

성수대교 아래 사람들이 있다
어른들은 동강 난 그날의 다리를 기억하고
다리는 떠나간 물을 생각하고
아이들은 강물을 거스르는 물고기를 기다린다
누가 말한다
아 저기 헤엄쳐 건넜던 섬이 있었지
허공에서 누가
매화나무 아래 물 마시던 그곳 아닌가
멀리 간 시간이
물구덩 속에 있구나

          -「성수대교 2002」부분

라고 말할 때, 또 「코로나 코호트 코로나」에서

섬망이 왔다
수용소를 빠져나가야지 이러고 있으면 어쩌냐고
링거를 매단 팔뚝을 스무 살 젊은이처럼 휘휘 저으신다
어쩌다 아버지는 평생의 기억 중에
칠십 년 전 전쟁을 떠올리는지
엉킨 그물처럼 흐트러진 시간

           -「코로나 코호트 코로나」부분

라고 말할 때, 그 "기억"이 얼마나 몸을 통해 발화되고
있는 지를 진지하게 따져 볼 필요가 있다. "기억"의 시간
이 먼 과거의 일이 아니라 '지금, 여기'로 어떻게 갈마들

고 있는지 또 그것이 미래의 전망을 얼마나 지니고 있는지를 따져 볼 때 그 준거는 몸이 되어야 한다는 것이다. "기억"이 물질을 통해 환기되지만 그 물질은 몸으로 느끼고 인지하고 이해하고 판단한 것이어야 한다. 즉 그 물질이 혹은 그 기억이 몸으로 말해져야 한다는 것이다. 어쩌면 이것은 사물이 몸을 통해 하나의 상징으로 제시되는 시적 구조의 운명인지도 모른다. 몸의 주름은 동일한 반복에 의해 생성된 것이 아니라 언제나 차이를 통한 반복에 의해 생성된 것임을 망각해서는 안 될 것이다. 이 주름 안에 신도 있고 세계도 있다면 그것을 접고 펼칠 때마다 우리는 그 속에 은폐된 상징을 발견하는 즐거움을 누려야 하지 않을까?

황금알 시인선